हिन्द पॉकेट बुक्स

राष्ट्र का लाड़ला पुत्र

डॉ. राजेन्द्र प्रसाद

यह महान देशभक्त और भारत के प्रथम राष्ट्रपति डॉ. राजेन्द्र प्रसाद की प्रेरक जीवनी है, जिसे बच्चों और किशोरों के लिए तैयार किया गया है, ताकि इसे पढ़कर बच्चों में उनके जैसा बनने, ऊँचा उठने और सच्चाई के रास्ते पर चलने की प्रेरणा जाग सके। पूरे देश में अत्यन्त लोकप्रिय होने के कारण उन्हें राजेन्द्र बाबू या देशरत्न कहकर पुकारा जाता था।

यह जीवनी अत्यंत आसान भाषा में है और रोचक ढंग से लिखी गई है। इसे याद करने में भी आसानी होगी। यह जीवनगाथा दर्जनों सुंदर चित्रों से सजी हुई है और इसके अंत में एक प्रश्नोत्तरी भी दी गई है, ताकि आप अपनी परीक्षा स्वयं ले सकें।

सुरुचिपूर्ण एवं प्रेरणादायक सचित्र जीवनी

राष्ट्र का लाड़ला पुत्र

डॉ. राजेन्द्र प्रसाद

कश्यप सिंह

हिन्द पॉकेट बुक्स

पेंगुइन रैंडम हाउस इम्प्रिंट

हिन्द पॉकेट बुक्स

यूएसए | कनाडा | यूके | आयरलैंड | ऑस्ट्रेलिया | सिंगापुर
न्यू ज़ीलैंड | भारत | दक्षिण अफ्रीका | चीन

हिन्द पॉकेट बुक्स, पेंगुइन रैंडम हाउस ग्रुप ऑफ़ कम्पनीज़ का हिस्सा है,
जिसका पता global.penguinrandomhouse.com पर मिलेगा

पेंगुइन रैंडम हाउस इंडिया प्रा. लि.,
चौथी मंजिल, कैपिटल टावर -1, एम जी रोड,
गुड़गांव 122 002, हरियाणा, भारत

पेंगुइन
रैंडम हाउस
इंडिया

प्रथम संस्करण हिन्द पॉकेट बुक्स द्वारा 2014 में प्रकाशित
यह संस्करण हिन्द पॉकेट बुक्स में पेंगुइन रैंडम हाउस द्वारा 2022 में प्रकाशित

10 9 8 7 6 5 4 3 2

इस पुस्तक में व्यक्त विचार लेखक के अपने हैं, जिनका यथासंभव तथ्यात्मक सत्यापन किया गया है, और इस संबंध में प्रकाशक एवं सहयोगी प्रकाशक किसी भी रूप में उत्तरदायी नहीं हैं।

ISBN 9789353491987

मुद्रकः रेप्रो इंडिया लिमिटेड

www.penguin.co.in

FSC www.fsc.org MIX Paper from responsible sources FSC® C047271

This is a legitimate digitally printed version of the book and therefore might not have certain extra finishing on the cover.

अनुक्रमणिका

जन्म एवं बचपन

स्वतंत्रता संघर्ष में महान योगदान करने वाले राजेन्द्र प्रसाद का जन्म 3 दिसंबर 1884 को बिहार प्रदेश के आधुनिक सिवान जिले के जिरादेई नामक गाँव में हुआ था। अपने पाँच भाई-बहनों में सबसे छोटे होने के कारण वे सबके लाड़ले थे। उनके दादा मिश्रीलाल पढ़े-लिखे थे इसलिए उनको हथुआ रियासत की दीवानी मिल गई। राजेन्द्र प्रसाद के पिता महादेव प्रसाद इस जमींदारी की देखभाल करते थे। राजेन्द्र प्रसाद के चाचा श्री जगदेव सहाय जमींदारी का काम देखते थे। उनके चाचा को भी कोई पुत्र नहीं था इसलिए चाचा भी राजेन्द्र प्रसाद को पुत्र की भाँति लाड़-प्यार से रखते थे। अनुशासन के प्रिय राजेन्द्र प्रसाद बचपन से ही रात को जल्दी सो जाते थे और सुबह जग जाते थे। सुबह जगते ही माँ रामायण, महाभारत की कथाओं को सुनाया करती थी।

पाँच वर्ष की उम्र में उनकी पढ़ाई आरंभ हुई। एक मौलवी साहब उन्हें पढ़ाते थे। राजेन्द्र बाबू प्रातः मदरसे पहुँच जाते थे। वे पढ़ने में बहुत तेज थे। मौलवी साहब उन्हें जो भी पाठ घर से याद करने के लिए देते थे राजेन्द्र बाबू सुबह मदरसे जाते थे और उन्हें सुना दिया करते। फिर जब तक दूसरे विद्यार्थी मदरसे में आया करते थे, तब तक राजेन्द्र बाबू का अगला पाठ शुरू हो गया होता था। वे अपनी कक्षा में सबसे अव्वल थे। उनकी इस प्रतिभा के कारण कई बार वे साल में दो-दो क्लास ऊपर चढ़े। वे पढ़ाई के साथ-साथ खेल-कूद में भी अपनी

अग्रणी भूमिका निभाते थे। खो-खो, कबड्डी में विशेष रुचि थी। साथ ही फुटबाल भी उनके लिए विशेष प्रिय था। सन् 1893 में उनका छपरा के स्कूल में दाखिला हुआ। छपरा में पहले से उनके बड़े भाई महेन्द्र प्रसाद रहकर पढ़ा करते थे। वे वहाँ एक किराए का कमरा लेकर

अपनी पढ़ाई को पूरा करने की दिशा में अग्रसर होने लगे। छपरा में उनको कक्षा आठ में दाखिला मिला। प्रतिभा के धनी राजेन्द्र प्रसाद ने स्कूली शिक्षा को बेहद अच्छे तरीके से प्राप्त किया। स्मरणशक्ति के

धनी राजेन्द्र प्रसाद के स्कूली शिक्षक इस बात से बेहद प्रभावित थे कि राजेन्द्र प्रसाद को किताबों का पाठ इतनी जल्दी कैसे याद हो जाता है! स्कूली शिक्षा प्राप्त करने के बाद सन् 1902 में उन्होंने कलकत्ता विश्वविद्यालय की एंट्रेंस परीक्षा दी, जिसमें उन्हें प्रथम स्थान प्राप्त हुआ। हालाँकि उनका विवाह मात्र तेरह वर्ष में हो गया, लेकिन उच्च शिक्षा में विवाह उनके लिए कोई बाधा नहीं हुआ। प्रतिभा के धनी राजेन्द्र प्रसाद को एंट्रेंस परीक्षा में प्रथम स्थान प्राप्त करने पर छात्रवृत्ति के रूप में 20 रुपये की राशि प्राप्त होती थी, जबकि अंग्रेजी में सर्वाधिक नंबर लाने के लिए दस रुपये की छात्रवृत्ति मिलती थी। वे बिहार के पहले विद्यार्थी थे जिनको इस परीक्षा में प्रथम स्थान प्राप्त हुआ था। उनकी इस उपलब्धि पर छपरा के एक सुप्रसिद्ध वकील ने वहाँ के शिक्षित वर्ग को दावत दी, जिसमें राजेन्द्र प्रसाद को विशेष तौर से आमंत्रित किया गया था। राजेन्द्र बाबू प्रत्येक परीक्षा में अव्वल रहे। इस बीच वे डान सोसायटी के सदस्य भी रहे। जिसकी स्थापना सतीशचंद्र मुखर्जी ने की थी। इस संस्था में गीता प्रवचन, देशप्रेम आदि विषयों पर विद्वान जनों के भाषण होते रहते थे। डान सोसायटी से जुड़ने के कारण उनका मन अब पढ़ाई से विमुख होने लगा, बल्कि सार्वजनिक कार्यों की ओर उनकी रुचि बढ़ गई। कलकत्ता में बिहार के छात्रों की एक सभा बन गई थी। बिहार क्लब से जानी जाने वाली इस क्लब के सभी सदस्य रविवार को आपस में मिला करते थे। इस क्लब में सार्वजनिक तौर पर भाषण होते थे। साहित्यिक कार्यों के प्रति भी इस क्लब के सदस्यों की रुचि थी। अब राजेन्द्र बाबू का कार्य क्षेत्र बढ़ने लगा। धीरे-धीरे यूनियन के कार्यों के प्रति भी उनकी रुचि बढ़ गई। कॉलेज से निकलने वाला मासिक पत्र का संचालन भी राजेन्द्र बाबू ने अपने हाथों में ले लिया। रूढ़िवादिता के प्रबल विरोधी राजेन्द्र बाबू शुरू से

डान सोसायटी से जुड़ गए थे, जिससे कि देशप्रेम जैसे सद्गुणों का विकास आरंभ हो गया था। राजेन्द्र बाबू का ध्यान धीरे-धीरे देशप्रेम की ओर अधिक होने लगा, जिससे वे पढ़ाई को पूरा करने के लिए छुट्टियों में घर नहीं जाते थे, बल्कि पढ़ाई को पूरा करने में अपना समय लगा देते। राजेन्द्र बाबू ने इस बार भी परचम फहरा दिया था। बी.ए. की परीक्षा में पूरे विश्वविद्यालय में प्रथम आए थे। इसके बाद उन्होंने उच्च शिक्षा प्राप्त करने के लिए एम.ए. में दाखिला ले लिया और अपनी उच्च शिक्षा का बेहतर ढंग से निर्वाह किया। राजेन्द्र बाबू की इस अद्भुत प्रतिभा के कायल सभी लोग हो गए थे विशेषतौर पर बौद्धिक समाज के लोग। उच्च शिक्षा में बेहतर परिणाम के कारण राजेन्द्र बाबू को अलग-अलग जगह बौद्धिक और समाज के अन्य वर्ग के लोग स्वागत करने लगे थे। एम.ए. की परीक्षा पास करने के बाद राजेन्द्र प्रसाद अपने बड़े भाई के पास डुमराव चले गए। इसी बीच उनके पिता की मृत्यु हो गई। पिता की मृत्यु के बाद सभी प्रकार की जिम्मेदारी उनके बड़े भाई के पास आ गई। घर की आर्थिक स्थिति भी अच्छी नहीं थी। हालाँकि राजेन्द्र बाबू ने पहले इस बात का निश्चय कर लिया था कि सरकारी नौकरी नहीं करनी है, लेकिन परिवार के दबाव के आगे एक कॉलेज में अध्यापन कार्य स्वीकार कर लिया। मगर उसमें उनका मन नहीं लगा। बाद में 1908 में मुजफ्फरपुर कॉलेज में अंग्रेजी के प्रोफेसर हो गए। हालाँकि इस कार्य में उनका मन नहीं लगा, फलस्वरूप उन्होंने इस पद से भी त्यागपत्र दे दिया। मार्च 1909 में वकालत की पढ़ाई करने के लिए पुनः कलकत्ता आ गए। यहाँ आकर वे पूरे मनोयोग से पढ़ाई में जुट गए। उन दिनों वकालत की परीक्षा के लिए दो परीक्षाएँ देनी होती थी। पहली परीक्षा सहज तरीके से ही निकल गई, लेकिन दूसरी परीक्षा के लिए एक वकील के अंतर्गत रहकर काम सीखने लगे।

समशुल हुदा राजेन्द्र बाबू की प्रतिभा से बड़े ही प्रभावित थे। उन्होंने भी राजेन्द्र बाबू को पुत्रवत स्नेह दिया। इस परीक्षा को संपन्न करने के बाद अपने मित्र वैद्यनाथ नारायण सिंह के परामर्श पर एम.एल. करने का निश्चय किया। राजेन्द्र बाबू ने इस परीक्षा को भी सन् 1915 में पास कर लिया। सन् 1916 में राजेन्द्र बाबू पटना आ गए, क्योंकि तब तक पटना हाईकोर्ट की स्थापना हो चुकी थी। राजेन्द्र बाबू वकालत करने लगे और धीरे-धीरे राजेन्द्र बाबू की वकालत बेहतर होती गई। अब राजेन्द्र बाबू की पहचान एक ख्यातिप्राप्त वकील की हो चुकी थी।

किसानों के हमदर्द राजेन्द्र बाबू

1916 में कांग्रेस का अधिवेशन लखनऊ में हुआ। इस बीच कांग्रेस के नरम और गरम दोनों ही धड़ों में बेहतर तालमेल होने लगा था। इतिहास में इस सम्मेलन को अधिक महत्वपूर्ण माना जाता है? क्योंकि मुस्लिम लीग से भी समझौता हो गया था। बाबू राजेन्द्र प्रसाद 1911 में ही कांग्रेस के सदस्य बन चुके थे। इस सम्मेलन में भाग लेने के लिए राजेन्द्र बाबू का एक विशेष उद्देश्य था। चंपारण के एक किसान राजकुमार शुक्ल को नील की खेती को लेकर प्रताड़ित किया जा रहा था। राजेन्द्र बाबू की इच्छा थी कि राजकुमार शुक्ल की आवाज को लेकर कांग्रेस के मंच से उठाया जाए। हालाँकि गांधी जी ने राजेन्द्र बाबू के इस सुझाव को इंकार कर दिया। गांधी जी का कहना था कि जब तक वह स्वयं ही वहाँ जाकर उनकी स्थितियों से वाकिफ नहीं होते, तब तक इस प्रकार से कांग्रेस के मंच से आवाज उठाना संभव नहीं है। अधिवेशन के बाद गांधी जी कलकत्ता पहुँचे। वहाँ से चंपारन जाना तय हुआ। समयानुसार कलकत्ता में अधिवेशन हुआ। गांधी जी राजकुमार शुक्ल को लेकर जगन्नाथ पुरी चले गए। उसके बाद गांधी जी पटना पहुँच गए। गांधी जी से पटना में राजेन्द्र बाबू की मुलाकात नहीं हो पाई। वहाँ से शाम को गांधी जी आचार्य कृपलानी

के पास मुजफ्फरपुर चले गए। तीसरे दिन राजेन्द्र बाबू से गांधी जी की मुलाकात हुई। गांधी जी को इस बात से परेशानी थी कि राजेन्द्र बाबू सहित बिहार के कई वकील किसानों की समस्याओं को लेकर लड़ते हैं, लेकिन किसानों से पैसे लेते हैं। उनका कहना था ऐसे में किसानों की समस्याओं के लिए लड़ने से कोई फायदा नहीं होगा। राजेन्द्र बाबू सहित ख्याति प्राप्त वकीलों का कहना था कि यदि वह पैसे नहीं लेंगे तो उनका परिवार कैसे चलेगा? और लड़ाई लड़ने के लिए पैसे की अवश्यक्ता होती है। गांधी जी ने अपनी आत्मकथा में भी इस बात का जिक्र किया है कि राजेन्द्र बाबू और ब्रजकिशोर बाबू किसानों से उनकी लड़ाई लड़ने के लिए पैसे लेते थे। गांधी जी ने स्वयं ही किसानों की समस्याओं का हल निकालने के लिए सोचा। गांधी जी ने किसानों की समस्या को लेकर लड़ रहे राजेन्द्र प्रसाद और कई वकीलों से आग्रह किया कि वो उनके मुकदमे न लड़ें, गांधी स्वयं मालिकों से मिले। अभी चंपारण की समस्या चल ही रही थी कि गांधी जी को अंग्रेजी सरकार से चंपारण छोड़ने का आदेश मिल गया। मगर गांधी जी ने इस आज्ञा को मानने से इंकार कर दिया। फलस्वरूप अदालत में मुकदमे चले। लेकिन गवर्नर के आदेश से इन मुकदमों को उठा लिया गया। बिहार के गवर्नर सर एडवर्ड गेट ने गांधी जी को अपने पास बुलाकर उनकी समस्याएँ सुनी। गांधी जी ने किसानों की समस्याओं को विस्तारपूर्वक रखा। समस्या सुनने के बाद गवर्नर ने जाँच कमेटी नियुक्ति करने का आदेश दिया। जाँच कमेटी ने पूरी तहकीकात के बाद किसानों की शिकायत को उचित ठहराया। चंपारण में गांधी जी की कार्यशैली और उनकी महानता से राजेन्द्र बाबू अत्यधिक प्रभावित हुए थे। उस दिन से वे गांधी जी की संगत में आ गए। बाद में उन्होंने गांधी जी पर एक पुस्तक भी लिखी थी, जिससे जानकारी होती है कि चंपारण में

किसानों की समस्याओं के निराकरण के बाद वे गांधी के प्रति अगाध श्रद्धा करने लगे। राजेन्द्र बाबू और गांधी जी की मुलाकात ने बिहार के किसानों के लिए संजीवनी का काम किया।

रौलेट एक्ट का विरोध करने के लिए गांधी जी ने देशभर में भ्रमण शुरू किया। और अलग-अलग राज्यों से इसका विरोध करने के लिए लोगों को चुना, जिसमें बिहार से राजेन्द्र बाबू का चयन किया। इस चयन के बाद यह तय हो गया था कि गांधी जी बिहार से राजेन्द्र बाबू को पसंद करते हैं। अब सत्याग्रह के युद्ध के लिए गांधी जी ने पूरी तैयारी कर ली थी। सत्याग्रह के लिए तैयार किए गए सेनापतियों में बिहार से राजेन्द्र बाबू का नाम सबसे पहले लिखा गया। जस्टिस ए.एस.टी. रौलेट की अगुवाई में चार नामचीन लोगों की एक समिति बनाई गई थी। यह समिति देश में क्रांतिकारियों के बारे में अध्ययन कर रही थी। समिति की सिफारिशों के अनुसार किसी भी व्यक्ति को बिना कारण बताए कारागार में डाला जा सकता था। अतः इसके विरोध में पूरा देश एकजुट होकर खड़ा हो गया था। गांधी जी ने सोचा कि साहित्यिक पत्रिकाओं के माध्यम से भी देश के लोगों को इस बात का संदेश दिया जाए कि इस बिल का विरोध करें। इसके लिए अहिंसात्मक आंदोलन करने की रणनीति बनी। 6 अप्रैल 1919 का विरोध करने का दिन चयन किया गया। इस खास दिन को अलग-अलग जगहों पर जुलूसों और सभाओं का आयोजन करने के लिए कहा गया। इस संदर्भ में गांधी जी ने राजेन्द्र बाबू को पत्र लिखा, जिसमें इस काले कानून के विरुद्ध अहिंसात्मक सत्याग्रह करने के लिए सहमत व्यक्तियों के हस्ताक्षर कराने के लिए कहा गया। गांधी जी के आदेश को राजेन्द्र बाबू ने काफ़ी गंभीरता से लिया। राजेन्द्र बाबू ने सैकड़ों लोगों के हस्ताक्षर करवाए। पटना में राजेन्द्र बाबू और हसन इमाम ने मिलकर गांधी जी के आदेश को बेहतर तरीके से अंजाम दिया।

एक घटना है कि पटना में एक बड़े दुकानदार ने अपनी दुकान बंद नहीं की, इस पर हसन इमाम ने अपनी टोपी उसके पैरों में रख द्री इसके बाद तो दुकानदार को इतनी ग्लानि महसूस हुई कि वो भी इस कार्य के लिए सक्रिय भूमिका में जुट गया। 1920 में कांग्रेस का बनारस अधिवेशन हुआ, जिसमें मुख्य मुद्दा जलियाँवाला काण्ड था। फिर भी गांधी जी ने असहयोग आंदोलन का प्रस्ताव रखा, जिसका सभी नेताओं ने समर्थन किया। असहयोग आंदोलन में चार मुख्य कार्य निर्धारित किए गए। सरकारी उपलब्धियों का त्याग, सरकारी शिक्षण संस्थानों का बहिष्कार, न्यायालयों का बहिष्कार, कौंसिलों का बहिष्कार।

राजेन्द्र बाबू चाहते थे कि शिक्षण संस्थाओं में इस प्रकार का बहिष्कार न हो। पहले युवा वर्ग को मैकाले की शिक्षा पद्धति पर आधारित इस शिक्षा के बारे में कमियों को उजागर किया जाए। उस समय राजेन्द्र बाबू सीनेट और सिण्डीकेट के सदस्य थे, और तब इस विश्वविद्यालय में शिक्षा के सुधार के लिए सेडलर समिति का गठन हुआ था। राजेन्द्र बाबू चाहते थे कि मैट्रिक तक पढ़ाई अपनी मातृभाषा में ही हो। उन्होंने समिति के समक्ष अपना प्रस्ताव रखा। इस पर काफ़ी वाद-विवाद हुआ। स्वराज आंदोलन के कारण राजेन्द्र बाबू विश्वविद्यालय से पृथक होना चाहते थे कि उसके पहले उनका प्रस्ताव पास कर लिया जाए। राजेन्द्र बाबू के इस प्रस्ताव के कई शिक्षाविद विरोध में हो गए थे, लेकिन कई अंग्रेज अधिकारी ही राजेन्द्र बाबू के समर्थक थे। राजेन्द्र बाबू के प्रयास के बाद ये प्रस्ताव पास हो गया और इसके बाद राजेन्द्र बाबू ने विश्वविद्यालय से संबंध विच्छेद कर लिया। नवंबर में बिहार की प्रान्तीय असेंबली में चुनाव होने वाले थे। राजेन्द्र बाबू ने इसके विरोध में पर्चे बँटवाए तथा अनेक स्थानों पर भाषण दिए कि लोग इसका बहिष्कार करें। राजेन्द्र बाबू की मेहनत रंग लाई और मात्र पच्चीस

प्रतिशत ही मतदान हुआ। अब राजेन्द्र बाबू ने खुलकर बिहार भ्रमण करना शुरू कर दिया और अमृतसर हत्याकांड, खिलाफत और स्वराज आंदोलन के बारे में प्रकाश डालते थे। कांग्रेसी नशाबंदी का भी प्रचार करते थे। महंगाई बढ़ने से कई जिलों में लूटपाट की भी घटनाएँ होने लगीं थी। सरकार ने इसके खिलाफ दमन चक्र प्रारंभ कर दिया। उन्हीं दिनों राजेन्द्र बाबू को आगरा जाना पड़ा। आगरा पहुँचते ही पता चला कि वहाँ धारा 144 लगी हुई है। इस बात की सूचना मिली कि सुबह

नौ बजे से शाम पाँच बजे तक कोई भी सभा का आयोज़न नहीं हो सकता है। इस प्रकार की सारी सभाओं पर सरकार ने रोक लगा दी है। तब राजेन्द्र बाबू ने एक गाँव में बड़ी सभा का आयोजन् किया। उस समय उड़ीसा में भयंकर अकाल पड़ गया था।

1921 में कांग्रेस का अधिवेशन बैजवाड़ा में होना था, उस समय राजेन्द्र बाबू गांधी जी के साथ कलकत्ता में थे। गांधी जी ने कांग्रेस के अधिवेशन में चर्खे का प्रचार, विदेशी वस्तुओं का बहिष्कार तथा फिजूलखर्ची आदि विषयों पर विस्तार से भाषण दिया और अकाल पीड़ितों की सेवा का आह्वान किया। इसके बाद गांधी जी उड़ीसा चले गए, साथ में राजेन्द्र बाबू भी थे। आचार्य बिनोवा भावे ने राजेन्द्र बाबू को आशीर्वाद दिया था कि उनकी राष्ट्र सेवा का फल उन्हें एक दिन अवश्य मिलेगा।

विदेशों में वकालत की ध्वजा फहराई

मद्रास में कांग्रेस के अधिवेशन में बाबू राजेन्द्र प्रसाद के साथ उनकी भाभी, भाई, पत्नी तथा अन्य मित्र भी साथ आए थे। अधिवेशन की समाप्ति पर राजेन्द्र बाबू रामेश्वरम् गए और परिवार वालों को वहीं छोड़कर वहाँ से श्रीलंका पहुँचे, जहाँ राहुल सांकृत्यायन वहाँ के एक विश्वविद्यालय में बौद्ध ग्रंथों का अध्ययन कर रहे थे। उन्होंने राजेन्द्र बाबू को वहाँ के प्रमुख स्थानों पर सैर कराई। बाद में एक मुकदमे के सिलसिले में उन्हें इंग्लैंड जाना पड़ा। यह उनकी प्रथम विदेश यात्रा थी। राजेन्द्र बाबू ने इंग्लैंड में अपने क्लाईंट से संबंधित मुकदमे की कार्यवाही बड़ी कुशलतापूर्वक निपटाई। राजेन्द्र बाबू के प्रयासों से दोनों पार्टियों में समझौता हो गया। इंग्लैंड के नामचीन वकीलों ने पहले तो राजेन्द्र बाबू को कोई साधारण व्यक्ति समझा, किंतु बाद में उन्होंने उनकी विद्वता का लोहा माना और नतमस्तक हुए। उस समय यूरोप में युद्ध विरोधी एक सम्मेलन ऑस्ट्रेलिया के एक गाँव ग्राटज में हो रहा था। इसमें ब्रिटेन, फ्राँस, हालैंड, फिलीस्तीन, जर्मनी आदि देशों के प्रतिनिधि भाग ले रहे थे। 1 अगस्त, 1928 को राजेन्द्र बाबू वहाँ पहुँचे। जब उन लोगों को यह पता चला कि वे गांधी जी के सहयोगी हैं, तो उन्होंने उनको घेर लिया और युद्ध रोकने और अहिंसक उपायों के विषयों में पूछने लगे। तब

राजेन्द्र बाबू ने उन्हें चंपारण और बारदोली सत्याग्रहों के विषय में बताया। तभी उस सम्मेलन में कुछ लोगों ने उपद्रव कर दिया। इस उपद्रव में राजेन्द्र बाबू घायल हो गए। वे वहाँ गांधी जी के सहयोगी डॉक्टर के यहाँ ठहरे थे, वे उन्हें निकाल कर अपने घर ले गए और वहाँ उनकी पत्नी और स्वयं उन्होंने मिलकर राजेन्द्र बाबू का उपचार किया। स्वस्थ होने पर रोम्यां रोला से भेंट कर राजेन्द्र बाबू वापस भारत के लिए चल दिए। अपनी इस वापसी यात्रा में वे लिपजिंग, वेनिस, म्यूनिख, बर्लिन और मार्सेल्स आदि स्थानों पर भी गए।

स्वराज्य दल में शामिल हुए राजेन्द्र बाबू

चौरी-चौरा काण्ड के बाद गांधी जी द्वारा आंदोलन स्थगित कर दिया गया, मगर कांग्रेस में एक स्वराज्य दल बनाया गया। 1923 में गांधीवादी सिद्धांतों के प्रसार के लिए गांधी सेवा संघ की स्थापना की गई। उसकी संचालन समिति के सदस्यों में बाबू राजेन्द्र प्रसाद, सरदार पटेल, सेठ जमनालाल बजाज, राजगोपालाचारी, गंगाधर राव देशपाण्डेय सहित कई लोग थे। इसके कार्यों को राजनीति में पृथक करने की घोषणा की गई। दिसंबर 1924 में पटना में एक खादी प्रदर्शनी हुई, इसमें अनेक सरकारी उच्च-अधिकारी और न्यायाधीश भी शामिल हुए। इसमें चर्खा प्रतियोगिता में मलखाचक गांधी कुटीर के दो छात्रों को प्रथम पुरस्कार दिया गया। बाबू राजेन्द्र प्रसाद ने इस कार्य की प्रगति संबंधी रिपोर्ट प्रस्तुत की। कांग्रेस का जो सम्मेलन बेलगाँव में हुआ था, उसमें सदस्य बनने के लिए दो हजार गज सूत देना तथा कांग्रेस के कार्यक्रमों में खादी पहनना अनिवार्य कर दिया था। इसके लिए उन्होंने कुछ आजीवन ट्रस्टी भी बनाए जिनमें राजेन्द्र बाबू भी एक थे। गांधी जी के प्रति राजेन्द्र बाबू ने कहा कि मेरे विचार में गांधी जी का बताया हुआ रास्ता एक ऐसा रास्ता है जिस पर चलकर हम अपने को तमाम दिक्कतों से दूर रख सकते हैं। उन्होंने एक दीपक की तरह

हमें सब कुछ दिखला दिया है और हमारे लिए यह जरूरी है कि उस पर विश्वास रख कर चलें। अगर ऐसे समय जब सारा संसार परेशान

है, हम गांधी जी के बताए हुए रास्ते पर चलें, तो न सिर्फ अपना ही बल्कि सारे संसार का भला कर सकेंगे। इसलिए मैं तो यही कहूँगा कि देश का हर व्यक्ति यह समझे कि मेरा इस वक्त कर्तव्य है। हमें चाहिए कि हम अपने में त्याग की भावना पैदा करें और समय आने पर हर प्रकार के लिए त्याग के लिए तैयार रहें। राजेन्द्र बाबू त्याग को ही नहीं, एकता को भी अत्यधिक महत्व देते थे। इसलिए वे सदा चिंतित रहते थे। सन् 1917 में चंपारण के सत्याग्रह आंदोलन के साथ राजेन्द्र बाबू ने सांसारिक सुखों की भावनाओं को तिलांजलि दे दी थी।

पटना हाईकोर्ट में राजेन्द्र बाबू की कीर्ति एक विद्वान वकील के रूप में फैल चुकी थी। वकालत में आमदनी भी अच्छी थी। ऐसे ही समय श्री भवानीदयाल के एक रिश्तेदार को हाईकोर्ट में एक मामला दायर करने की आवश्यकता हुई। अतः वे एक सिफारिशी चिट्ठी और मुकदमे के आवश्यक काग़ज़ात लेकर पटना पहुँच गए। और वहाँ जाकर राजेन्द्र बाबू से मिले। उन्होंने मुकदमे के काग़ज़ात देखे तो पता चला कि यदि वे जीत गए तो एक विधवा दाने-दाने को मोहताज हो जाएगी। राजेन्द्र बाबू ने उन्हें समझाया यह दावा मत करो। विधवा की जायदाद हड़प लेने से तुम्हें शांति नहीं मिलेगी। वे लौट आए। जब श्री भवानीदयाल जी ने उनसे दावे के बारे में पूछा तो उन्होंने कहा कि "भाई साहब आपने मुझे वकील के पास भेजा था या कि किसी महात्मा के पास। असल में राजेन्द्र बाबू वकील नहीं, साधु हैं। काग़ज़-पत्र देखने के बाद दावा करना तो दूर उन्होंने मुझे धर्म और नीति का उपदेश देकर लौटा दिया। अब मैं हरगिज यह दावा नहीं करूँगा।" अक्सर इस बात को कहा जाता है कि राजेन्द्र बाबू में जितनी अधिक विद्वता थी, उतनी ही अधिक निर्भयता और नम्रता थी। राजेन्द्र बाबू अब महात्मा गांधी के सच्चे भक्त बन चुके थे।

देश की आजादी की लड़ाई में राजेन्द्र बाबू की निर्णायक भूमिका

अक्टूबर 1943 में लिनलिथगो का कार्यकाल समाप्त हो गया और उनकी जगह लार्ड बेवल भारत के नए वायसराय बनकर आए। भारत पहुँचते ही उन्होंने घोषणा की कि मैं अपने थैले में अनेक चीजें लेकर आया हूँ। बाबू राजेन्द्र प्रसाद अभी जेल में ही थे। मई 1944 में गांधी जी को रिहा कर दिया गया। सरकारी दमन चक्र के कारण आंदोलन शांत पड़ गया था। उधर कांग्रेस की तर्ज पर मुस्लिम लीग ने भी तोड़ो और छोड़ो का नारा लगाना आरंभ कर दिया था। जिन्ना को समझाने के गांधी जी आदि के सभी प्रयास विफल हो गए थे और वे पाकिस्तान की माँग पर अड़े हुए थे। इसके मद्देनजर गांधी जी और लार्ड बेवल के बीच बातचीत चली, मगर इसका कोई सार्थक नतीजा नहीं निकला। लार्ड बेवल ने गांधी जी के सामने एक दूसरी शर्त रख दी कि कोई भी समाधान होने से पहले कांग्रेस भारत छोड़ो आंदोलन वापस ले ले। मगर गांधी जी ने इसे मानने से इनकार कर दिया, जिसके कारण वार्ता विफल हुई। इस जटिल परिस्थितियों में बेवल को ये समझ में नहीं आ रहा था कि आगे की रणनीति क्या होगी? बेवेल ने इंग्लैंड के प्रधानमंत्री चर्चिल से परामर्श किया और भारत लौटकर उसने 24 जून 1945 को एक नवीन योजना रखी, जिसे बेवल योजना कहा गया। इस

योजना के तहत वार्ता के लिए 25 जून की तिथि निर्धारित की गई। इसे ध्यान में रखकर 15 जून को राजेन्द्र प्रसाद तथा 16 जून को अन्य

राजनीतिक बंदियों को रिहा कर दिया गया। यह वार्ता शिमला में होनी थी। गांधी जी और मौलाना आजाद मुंबई से सीधे शिमला पहुँचे। पटना से राजेन्द्र बाबू भी सीधे शिमला पहुँचे। अन्य शहरों से भी नेतागण शिमला पहुँचने लगे। लेकिन मुस्लिम लीग के अडियल रवैये के कारण शिमला समझौता विफल हो गया। उसके बाद भी पंद्रह दिनों तक राजेन्द्र बाबू शिमला में टिके रहे। उसके बाद दिल्ली से राजस्थान के कुछ स्थानों का दौरा कर वे अपने गाँव जीरादेई जा पहुँचे। कुछ दिन घर में रहने के बाद वे बिहार के दौरे पर निकल पड़े। बेवेल योजना

के अनुसार सभी राजनीतिक बंदी छोड़ दिए गए। 19 सितंबर 1945 को सरकार की ओर से घोषणा हुई कि 1945-1946 की सर्दियों में भारत में आम चुनाव होंगे, विधानमंडल का पुनर्गठन और संविधान का निर्माण होगा। इसके तुरंत बाद कांग्रेस ने राजनीतिक स्थिति पर विचार-विमर्श किया और एक केंद्रीय चुनाव समिति का गठन किया। इस समिति में राजेन्द्र प्रसाद के अलावा मौलाना अब्दुल कलाम आजाद, सरदार बल्लभ भाई पटेल, गोविंद वल्लभ पंत, डॉ. पट्टाभि सीमारमैया, आसफअली और शंकरदेव थे। इसके बाद सभी नेताओं की तरह राजेन्द्र बाबू ने भी बिहार का भ्रमण शुरू कर दिया। राजेन्द्र बाबू ने आम सभा को संबोधित करते हुए कहा कि कांग्रेस को जिन क्षेत्रों में विजय की आशा है उन क्षेत्रों में कांग्रेस अवश्य ही चुनाव लड़ेगी चाहे मुस्लिम बहुत हो या अन्य। 5 अक्टूबर 1945 को भारत छोड़ो के नारे को स्पष्ट करते हुए कहा कि इसका अर्थ पूरे एशिया को छोड़ना है। भारत में ब्रिटिश सत्ता समाप्त होते ही एशिया के अन्य देशों में ब्रिटिश सत्ता समाप्त हो जाएगी।

संविधान सभा के अध्यक्ष के रूप में राजेन्द्र बाबू

26 जनवरी 1949 को भारत का नया संविधान स्वीकार कर लिया गया और इसके ठीक एक वर्ष बाद यानी 26 जनवरी 1950 के दिन भारत को एक संप्रभुता संपन्न प्रजातांत्रिक गणतंत्र घोषित कर दिया गया। वस्तुतः संविधान बनाने का कार्य आजादी मिलने से पहले ही शुरू हो गया था। 9 दिसंबर 1946 को भारतीय संविधान का पहला अधिवेशन हुआ था, जिसमें मुस्लिम लीग को छोड़कर सभी दलों ने भाग लिया था। इसमें केंद्रीय असेंबली के सबसे वरिष्ठ एवं वयोवृद्ध सदस्य डॉ. सच्चिदानंद सिन्हा को अस्थायी अध्यक्ष बनाया गया था। बाद में स्थायी रूप से राजेन्द्र बाबू को यह पद सौंप दिया गया। उनका सर्वसम्मति से चुनाव हुआ। उनके इस पद पर चुने जाने के बाद देश के अनेक विद्वानों ने उनके देशप्रेम, त्याग, कर्तव्य परायणता एवं विद्वता की भूरि-भूरि प्रशंसा की थी। इस अवसर पर दिए गए अपने भाषण में डॉक्टर सर्वेपल्ली राधाकृष्ण ने कहा था कि वे बिहार की तपोनिष्ठ भूमि के एक सत्यपरायण सपूत तथा अहिंसक भारतीय संस्कृति के मूर्तरूप हैं। श्रीमती सरोजनी नायडू ने उन्हें देवदूत कहा, तो गांधी जी ने उन्हें अजातशत्रु कहकर उनका मान बढ़ाया। इस अवसर पर संविधान के उद्देश्यों को स्पष्ट करते हुए हुए राजेन्द्र बाबू ने कहा था कि हम लोग

विश्व के समक्ष एक ऐसे आदर्श संविधान की रचना करेंगे, जो इस विशाल देश के प्रत्येक दल, संप्रदाय तथा धर्म के लोगों को संतुष्टि प्रदान करेगा। इस संविधान में प्रत्येक व्यक्ति को अभिव्यक्ति, विचार और कार्य करने की स्वतंत्रता होगी। प्रत्येक व्यक्ति को उसके श्रेष्ठतम विकास के लिए हर क्षेत्र में समान अवसर प्राप्त होंगे। संविधान के अनुसार भारतीयों की स्वतंत्रता सुरक्षित रहेगी।

15 अगस्त 1947 को आजादी प्राप्त करने के बाद से भारत के अगले राष्ट्राध्यक्ष के चुनाव तक लार्ड माउण्टबेटन ही भारत के गवर्नर जनरल के पद पर कार्य करते रहे। 21 जून 1948 को वे पदमुक्त हुए। इस अवसर पर विभिन्न देशों से अनेक संदेश प्राप्त हुए, जिन्हें पढ़कर सुनाने का कार्य राजेन्द्र बाबू ने किया।

राजेन्द्र बाबू ने एक अवसर पर कहा था, "स्वतंत्रता के अंतिम सोपान तक पहुँचने के लिए जिन लोगों ने अनेक यंत्रणाओं को सहन किया, उनके त्याग तथा बलिदान से देशप्रेम की ज्योति जलती रही, हम उनके प्रति अपनी कृतज्ञता व्यक्त करते हैं। इस अवसर पर हम आधुनिक भारत के निर्माता महात्मा गांधी के प्रति अपनी

श्रद्धांजलि अर्पित करते हैं, जिन्होंने हमारा मार्गदर्शन कर सत्प्रेरणाएँ प्रदान की।"

राजेन्द्र बाबू ने अपना सारा जीवन राष्ट्र के कल्याण के लिए ही समर्पित कर दिया और अपने कर्मों के कारण वे आज भी सारे भारत में आदर के साथ याद किए जाते हैं।

अस्पृश्यता और राजेंद्र प्रसाद

डॉ. राजेन्द्र प्रसाद के जीवन पर महान समाज सुधारक स्वामी दयानंद के ग्रंथों का बड़ा प्रभाव पड़ा था, यही कारण था कि वे समाज को जात-पात से मुक्त देखना चाहते थे। वैसे महात्मा गांधी भी समाज सुधारक ही थे और उनके संपर्क में आकर डॉ. राजेंद्र बाबू के सामाजिक विचारों में और पारदर्शिता आई।

गांधीजी के निकट संबंध के कारण उनके विचारों में एक क्रान्ति आई और वह सब चीजों को नये दृष्टिकोण से देखने लगे। उन्होंने महात्मा गांधी के मानवीय विकास और समाज सुधार कार्यों में भरसक सहायता की। उन्होंने महसूस किया, 'विदेशी ताकतों का हम पर राज करने का मूल कारण हमारी कमजोरी और सामाजिक ढाँचे में दरारें हैं।' अस्पृश्यता का अभिशाप जो प्राचीन समय से चला आ रहा था भारतीय समाज की एक ऐसी कुरीति थी, जिसके द्वारा नीची जातियों को ऐसे दूर रखा जाता था मानों वे कोई छूत की बीमारी हों। उन्हें मंदिर के भीतर जाने नहीं दिया जाता था। यहाँ तक की गाँव में कुएँ से पानी भी नहीं भरने देते थे।

लेकिन समाज के बदलने से पहले अपने को बदलने का साहस होना चाहिये। यह बात सच थी, राजेन्द्र प्रसाद ने स्वीकार किया, 'मैं ब्राह्मण के अलावा किसी का छुआ भोजन नहीं खाता था।' चम्पारण

में गांधीजी ने उन्हें अपने पुराने विचारों को छोड़ देने के लिये कहा। अंततः उन्होंने समझाया कि जब वे साथ-साथ एक ध्येय के लिए कार्य

करते हैं, तो उन सबकी केवल एक जाति होती है अर्थात् वे सब साथी कार्यकर्ता हैं।

डॉ. राजेन्द्र प्रसाद जी ने सादा जीवन अपनाया और नौकरों की संख्या कम करके एक कर दी। वह स्मरण करते हैं, 'सच तो यह है कि हम सब कुछ स्वयं ही करते थे। यहाँ तक की अपने कमरे में झाड़ू लगाना, रसोईघर साफ करना, अपना बर्तन मांजना-धोना, अपना सामान उठाना और अब गाड़ी में भी तीसरे दर्जे में यात्रा करना अपमानजनक नहीं लगता था।'

देश ने गांधी जी के हरिजन आंदोलन में बहुत उत्साह दिखाया। बिहार ने प्रतिज्ञा की कि वह इस कुरीति को और हरिजनों के कल्याण के लिये किये कार्य द्वारा हटायेंगे। दक्षिण भारत को उन्होंने 'अस्पृश्यता का गढ' कहा। राजेन्द्र प्रसाद वहाँ सी. राजगोपालाचारी के साथ गये और बहुत प्रयास किया कि मंदिरों के द्वार हरिजनों के लिये खोल दिये जायें। उन्हें कुछ सफलता भी मिली। उन्होंने गाँव के कुओं का उपयोग करने के अधिकार के लिए भी लड़ाई की। इस सुविधा को भी अन्य सुविधाओं के साथ स्वीकार कर लिया गया।

बिना भेदभाव के साथ अब तो राजेंद्र बाबू हर किसी को साथ लेकर आजादी की जंग में कूद पड़े थे। जब बापू ने नमक सत्याग्रह चलाया तो बाबूजी पीछे कैसे रहते भला! नमक की जरूरत हवा और पानी की तरह सब को है और उन्होंने महसूस किया कि नमक पर कर लगाना अमानुषिक कार्य था। यह पूरे राष्ट्र के सक्रिय होने का संकेत था। बिहार में नमक सत्याग्रह का आरम्भ राजेन्द्र प्रसाद के नेतृत्व में हुआ। पुलिस आक्रमण के बावजूद नमक कानून के उल्लघंन के लिये पटना में नखास तालाब चुना गया। स्वयंसेवकों के दल उत्साहपूर्वक एक के बाद एक आते और नमक बनाने के लिये गिरफ्तार कर लिये

जाते। राजेन्द्र प्रसाद ने अहिंसक रहने के लिये स्वयंसेवकों से अपील की। कई स्वयंसेवक गम्भीर रूप से घायल हुए।

नमक सत्याग्रह के प्रति पुलिस के अत्याचार इतने बढ़ गये कि जनता में रोष उत्पन्न हो गया, क्योंकि वह उलट कर पुलिस को मारती नहीं थी और सरकार को अंत में पुलिस को वहाँ से हटाना पड़ा। अब स्वयंसेवक नमक बना सकते थे। राजेन्द्र प्रसाद ने उस निर्मित नमक को बेचकर धन इकट्ठा किया। जिस कानून को वह न्यायसंगत नहीं समझते थे उसे तोड़ने से कोई भी चीज उन्हें रोक नहीं सकती थी। एक बार तो वह पुलिस की लाठियों द्वारा गम्भीर रूप से घायल हो गये थे। उन्हें छः महीने की जेल हुई। यह उनकी पहली जेल यात्रा थी।

आजादी मिलने के बाद भी डॉ. राजेन्द्र बाबू छुआछूत के विरुद्ध कार्य करते रहे और राष्ट्रपति रहते हुए दलितों के उत्थान से संबद्धकई कानूनों पर अंतिम मुहर उन्होंने ही लगाई थी।

डॉ. राजेंद्र प्रसाद, लाल बहादुर और नेहरू

डॉ. राजेंद्र प्रसाद हिन्दू संस्कारों में पले बढ़े थे और वे पौराणिक सिद्धांतों के साथ-साथ आर्य समाज के सिद्धांतों को भी देश के लिए हितकारी मानते थे। लेकिन एक दिन जब लाल बहादुर शास्त्री जी डॉ. राजेंद्र प्रसाद से मिलने आए तो उन्होंने उनसे कहा, ''शास्त्री जी देखता हूँ कि आप मेरे से निकटता बढ़ा रहे हैं।''

''आप जैसे व्यक्ति से मित्रता बढ़ाना तो गौरव की बात है।'' शास्त्री जी ने कहा।

''नहीं मित्रता बढ़ानी है तो नेहरू जी से बढ़ाओ। मेरे विचार तो हिन्दूवादी हैं, जो नेहरू जी को पसंद नहीं।''

''लेकिन ऐसा तो नहीं लगता।''

''क्या आप नहीं जानते हिन्दू महासभा से मुझे कितना प्रेम है।''

''आपको तो आर्य समाज़ से भी प्रेम है।''

''वह तो ठीक है, लेकिन आप मुझसे मित्रता करेंगे तो कट्टर हिन्दू का ठप्पा लग जाएगा, क्योंकि आप पहले ही शास्त्री उपाधिधारक हैं।''

और फिर धीरे-धीरे शास्त्री जी ने नेहरू जी से संपर्क बढ़ा लिया था। लाल बहादुर शास्त्री और नेहरू दोनों ही महान नेता थे, लेकिन

लाल बहादुर नेहरू जी को पिता के समान सम्मान देते थे तो राजेंद्र प्रसाद को पितामह के समक्ष मानते थे।

दरअसल स्नातक की शिक्षा समाप्त करने के पश्चात लाल बहादुर शास्त्री जी भारत सेवक संघ से जुड़ गये और देशसेवा का व्रत लेते हुए यहीं से अपने राजनैतिक जीवन की शुरुआत की। शास्त्रीजी विशुद्ध गांधीवादी थे, जो सारा जीवन सादगी से रहे और गरीबों की सेवा में अपनी पूरी जिंदगी को समर्पित किया। भारतीय स्वाधीनता संग्राम के सभी महत्वपूर्ण कार्यक्रमों में उनकी भागीदारी रही, और जेलों में रहना पड़ा, जिसमें 1921 का असहयोग आंदोलन और 1941 का सत्याग्रह आंदोलन सबसे प्रमुख है। उनके राजनैतिक दिग्दर्शकों में से श्री पुरुषोत्तमदास टंडन, डॉ. राजेन्द्र प्रसाद, पंडित गोविंदबल्लभ पंत, जवाहरलाल नेहरू इत्यादि प्रमुख हैं। 1929 में इलाहाबाद आने के बाद उन्होंने श्री टंडनजी के साथ भारत सेवक संघ के इलाहाबाद इकाई के सचिव के रूप में काम किया। यहीं उनकी नजदीकी नेहरू से भी बढ़ी। इसके बाद से उनका कद निरंतर बढ़ता गया।

''शास्त्रीजी मुझे लगता है कि आपका स्थान राज्य में नहीं, केंद्र में होना चाहिए।'' नेहरू ने शास्त्रीजी से कहा।

''मैं केंद्र में क्या करूंगा? मैं गाँव का आदमी हूँ, गाँवों में किसानों की सेवा करना चाहता हूँ, इसलिए मुझे केंद्र में न ले जाएँ, तो अच्छा ही रहेगा।''

''नहीं शास्त्रीजी, आप केंद्र में रहकर गाँवों की सेवा अच्छी प्रकार से कर सकेंगे।''

''जैसी आपकी इच्छा।''

उन्होंने अपनी सहमति जता दी थी। इस प्रकार इसकी परिणति बाद में नेहरू मंत्रिमंडल में गृहमंत्री के तौर पर शामिल होकर हुई।

1928 में शास्त्रीजी इलाहाबाद म्यूनिसपल बोर्ड के सदस्य चुने गये तथा चार वर्ष इलाहाबाद इम्प्रूवमेंट ट्रस्ट के सदस्य भी रहे थे। शास्त्रीजी अब पूरी तरह देश की राजनीति मे मंज चुके थे। उस समय सर्वेंट्स आफ द पीपुल सोसाइटी के अध्यक्ष टंडन व पंडित नेहरू दोनों थे और डॉ. राजेन्द्र प्रसाद की सलाह पर दोनों के विचार-वैभिन्य को समाप्त करने का दायित्व शास्त्रीजी ने ले लिया था।

एक दिन शास्त्रीजी नेहरूजी के पास गए और बोले, ''नेहरूजी, क्या बात है आप तो टंडनजी की बातों का विरोध करते हैं, लेकिन टंडन जी तो आपके पक्के भक्त हैं।''

''क्या मतलब!''

''अभी दो दिन पहले मैं उनसे मिला था। कह रहे थे देश को नेहरू जी जैसे व्यक्तित्व की ही जरूरत है, क्योंकि निंदक पास होता है, तो आदमी को अपने अहं से मुक्ति मिल जाती है। नेहरूजी के तर्को से मुझे आत्मसुधार में बड़ी मदद मिली है।''

''क्या सच में टंडनजी मेरे प्रशंसक हैं!''

''और नहीं तो क्या!''

''वे मेरे प्रशंसक हैं और मैं उन्हें क्या मान बैठा था।'' नेहरूजी की आँखों में आँसू छलक आए।

हालाँकि टंडनजी से शास्त्रीजी ने कुछ भी बात नहीं की थी। वरन वैसे ही नेहरूजी के समक्ष अपनी कूटनीति चलते हुए उनके आपसी भेदभाव को मिटाने का प्रयास किया था।

नेहरूजी से भेंट के बाद वे टंडनजी के पास गए और वहाँ पर उन्होंने टंडनजी से कहा, ''टंडनजी, आप निस्संदेह महान हैं?''

''क्या सुबह से कोई और नहीं मिला क्या?''

''मिले तो थे!''

“कौन?”

“नेहरूजी!”

“नेहरूजी...अवश्य उन्होंने मेरी आलोचना की होगी!”

“आलोचना? यह आप क्या कह रहे हैं, वे तो आपकी प्रशंसा करते हुए थकते नहीं और आप उनके बारे में नकारात्मक सोच रखते हैं।”

“क्या यह सच है?”

“हाँ, यही सच है, नेहरूजी आपके सबसे बड़े प्रशंसक हैं, आपके मुख पर भले ही वे आपके सिद्धांतों में कमियाँ निकालते हों, लेकिन पीछे तो आपकी बड़ाई करते थकते नहीं। आज ही कह रहे थे कि टंडनजी जैसा योग्य व्यक्ति इस देश में और कोई नहीं।”

“क्या उन्होंने ऐसा कहा?”

“हाँ, यह सत्य है।”

“निस्संदेह, नेहरूजी महान हैं और मैं उन्हें क्या समझ बैठा था।”

अगले दिन दोनों नेताओं को एक मिटिंग में गले मिलते हुए देखा गया और इस प्रकार शास्त्रीजी का नाम एक समझौताकार के रूप में प्रसिद्ध हो गया और कुछ लोग यह भी कहते हैं कि उन्हें समझौताकार बनाने के पीछे राजेंद्र प्रसाद का ही हाथ था।

डॉ. राजेंद्र प्रसाद, सरदार पटेल और नेहरू जी

देश को आजादी मिल गई थी, लेकिन उस समय देश में छोटी-बड़ी लगभग 562 रियासतें थीं, इसलिए आज़ादी अभी भी पूरी नहीं थी। उन्हें एक सूत्र में पिरोकर अखंड भारत का निर्माण करना कोई आसान काम नहीं था, लेकिन वल्लभभाई पटेल ने अपनी युक्ति एवं दूरदर्शी दृष्टिकोण, जल्दी एवं साहसिक फ़ैसले लेने की क्षमता के चलते आजादी से पूर्व ही अधिकांश रियासतों को भारत में मिला लिया। इसमें संदेह नहीं है कि पटेल जी जैसे नेता के संकल्प एवं साहस के बिना विभिन्न राज्यों का एकीकरण इतनी सरलता से नहीं हो पाता। गांधी जी ने उनके बारे में कहा भी था, "यह समस्या इतनी पेचीदी है कि उनके अलावा इसे कोई दूसरा नहीं सुलझा सकता था।" भारत में फैले उस समय छोटे-छोटे राज्य महाराजाओं, नबावों या फिर निज़ामों द्वारा शासित थे। ब्रिटिश राज के दौरान उन्हें तंग नहीं किया जाता था, पर अंग्रेज़ उनके क्रिया-कलापों पर निगाह रखने के लिए अपना एक अधिकारी हर एक राज्य में भेज देते थे। हैदराबाद एवं कश्मीर तो उन राज्यों में से थे, जो इंग्लैंड जितने ही बड़े थे।

भारत में सम्मिलित होने वाले सबसे पहले राज्यों में बीकानेर, ग्वालियर और बड़ौदा थे। अगस्त के पहले सप्ताह में शामिल करने वाले

दस्तावेज़ पर हस्ताक्षर करने वाले महाराजाओं एवं नबावों की भीड़ ही लग गई थी। इस प्रकार वल्लभभाई ने राजकोट, उड़ीसा, छत्तीसगढ़, सौराष्ट्र संघ के राज्य, मालवा का राज्यसंघ, पंजाब राज्यसंघ, फरीदकोट, विन्ध्य प्रदेश, राजस्थान संघ, ट्रावनकोर, कोचीन, रायपुर, भोपाल आदि को भारत के अधीन कर लिया। लेकिन जूनागढ़ के नवाब, बिना किसी तर्क के पाकिस्तान के साथ जाना चाहते थे। इस तथ्य के बावजूद कि उनका राज्य भारतीय सीमा के काफी अंदर था। जब वहाँ की हिंदू-बाहुल्य जनता ने भारत के पक्ष में अपना फैसला लिया, तो नवाब अपनी तीन बीबियों, कुत्तों और रत्न-आभूषणों के साथ पाकिस्तान को पलायन कर गए। उसे भारतीय फौज के आक्रमण का भी भय था।

कश्मीर के महाराजा हरिसिंह, बिल्कुल इसके विपरीत थे। वह हिंदू थे, पर अधिकतर जनता वहाँ मुसलमान थी। महाराजा अपना मन नहीं बना पा रहे थे कि पाकिस्तान के साथ जाएँ या भारत में रहें। वह वास्तव में स्वतंत्र रहना चाहते थे और उनके पास पर्याप्त सेना थी, पर इस बीच में पाकिस्तान से कबीलाईयों ने उन पर आक्रमण कर दिया (लूट-पाट, घर जलाने और वहाँ की जनता को आतंकित करने लगे), जिसे खदेड़ने के लिए हरिसिंह ने भारतीय फौज की मदद माँगी और साथ ही भारत में रहने का फैसला किया। नई दिल्ली ने जितने लड़ाकू-जहाज और सेना की इकाइयाँ थीं, उन्हें द्रुतगति से श्रीनगर रवाना कर दिया। धरती की जन्नत कही जाने वाली कश्मीर में अब शांति भंग हो गई थी और वह भारत-पाकिस्तान के बीच युद्ध-भूमि बन गई थी। महाराजा हरिसिंह अपने को इस लड़ाई से दूर रखने के लिए श्रीनगर का अपना महल छोड़कर हमेशा के लिए जम्मू चले गए जो कश्मीर की शीतकालीन राजधानी थी। अजीब बात थी कि उन्होंने बेटे कर्ण सिंह को काश्मीर का रीजेंट बना दिया था। नेहरू जी राजाओं

के विरोधी थे और भारत को आजादी दिलाने में उनकी अहम भूमिका थी।

तीसरा प्रशासक जो भारत में शामिल नहीं होना चाहता था। वह था हैदराबाद का निज़ाम अर्थात भाग्यनगर का कैदी। अब वह एक वृद्ध व्यक्ति थे। वजन केवल चालीस किलोग्राम और डेढ़ मीटर का कद। वह अभी भी सबसे ज्यादा सनकी राजा था। सरदार पटेल हर हालत में हैदराबाद का विलय भारत में चाहते थे, इसलिए वे इसी संकल्प को लेकर एक दिन डॉ. राजेंद्र प्रसाद के सामने जा खड़े हुए, ''राजेंद्र बाबू जी, देश की एकता के लिए हैदराबाद का भारत में विलय होना आवश्यक है।''

''यह तो मैं भी महसूस करता हूँ।'' राजेंद्र प्रसाद ने कहा, ''लेकिन हैदराबाद पर पुलिस कार्रवाई के बिना उसका विलय संभव नहीं और नेहरू जी आसानी से पुलिस कार्रवाई की अनुमति नहीं देंगे।''

''तो फिर इसका क्या समाधान है?''

''किसी तरह नेहरू जी से पुलिस कार्रवाई के लिए अधिकार पत्र पर हस्ताक्षर करा लें।''

''लेकिन वे तो करेंगे नहीं।''

''साम...दाम...दंड...भेद किसी भी नीति से।'' और फिर राजेंद्र बाबू ने सरदार पटेल के कान में कुछ कहा तो वे मुस्कुराते हुए नेहरूजी से मिलने चल पड़े थे।

नेहरू से कुछ कहते उससे पहले ही उन्हें सुनने को मिला, ''यदि हैदराबाद को भारत में नहीं मिलाएँ, तो इससे क्या फर्क पड़ता है?'' नेहरू ने सरदार पटेल से पूछा।

''यदि आपको आनंदभवन का चौकीदार बनने के लिए विवश किया जाए, तो उससे क्या फर्क पड़ेगा?'' पटेल ने प्रतिक्रिया दी।

"तुम कहना क्या चाहते हो?"

"मैं चाहता हूँ पूरी आजादी।"

"क्या हैदराबाद के बिना आजादी पूरी नहीं है।"

"जी नहीं अधूरी है।"

"हैदराबाद ने अपने अस्तित्व को बचाए रखने के लिए संयुक्त राष्ट्र में गुहार लगाई है, ऐसे में उसके अंतरिम मामलों में दखल देना क्या उचित रहेगा।"

"जब जनता ने ही उसे नकार दिया है, तो फिर वह कौन होता है, संयुक्त राष्ट्र में जाकर ही उसे क्या मिलेगा?"

"जनता ने उसे नकार दिया...अर्थात्?"

"आर्य समाज के नेतृत्व में जनक्रांति हो गई है, जिसने विलय की आधारशिला रख दी है। जनक्रांति इस सीमा तक भड़क उठी है कि निज़ाम की कार पर भी बम फेंका जा चुका है। अब बस आप प्रधानमंत्री होने के नाते पुलिस कार्रवाई करने की अनुमति दे दें।" नेहरू सामने प्लेट में रखी नमकीन को उठाकर मुँह में डाल चबाने लगे। तो तभी पटेल ने एक काग़ज़ उसकी ओर बढ़ा दिया, "इस पर आपके हस्ताक्षर चाहिए?"

"यह क्या है?"

"हवाई जहाज का पीएम कोटे से तुरंत टिकट लेने के लिए फार्म है।"

"ओह, यह बात है।" और नेहरू ने बिना वह पत्र पढ़े उस पर हस्ताक्षर कर दिए। दरअसल वह कोटे से हवाई टिकट लेने के लिए फार्म नहीं, बल्कि हैदराबाद पर पुलिस कार्रवाई करने के लिए टाइप किया गया प्रधानमंत्री की ओर से लिखा गया आज्ञा पत्र था। इस पत्र को स्वयं पटेल ने टाइप किया था, क्योंकि वह जानते थे कि नेहरू जी आसानी से हैदराबाद पर पुलिस कार्रवाई करने की अनुमति नहीं देंगे और इस प्रकार पटेल ने 13 सितंबर, 1948 को 'ऑपरेशन पोलो' यानी हैदराबाद पर हमला बोलने की शुरुआत की। सुबह चार बजे भारतीय सेना ने जनरल चौधरी की कमांड में 2580 मील लंबी हैदराबाद राज्य की सीमा में पाँच जगह से प्रवेश किया। निज़ाम की सेना ने कुछ प्रतिरोध किया, लेकिन वे हार गए और करीब 450 रजाकार गिरफ्तार कर लिए गए। एक झील के किनारे बने गेस्ट हाउस में रिजवी भी पकड़ा गया। 17 सितंबर को शाम पाँच बजे निज़ाम ने युद्ध विराम की घोषणा करते

हुए भारतीय सेनाओं को सिकंदराबाद में आने का निमंत्रण दिया और रजाकारों पर प्रतिबंध लगा दिया। जब 18 सितंबर को निज़ाम के मुख्य सेनाध्यक्ष जनरल एल्ड्रोस ने अपनी तलवार भारतीय सेनाध्यक्ष जनरल चौधरी के चरणों में रख दी, तो तब इसके बाद पटेल हैदराबाद के लिए रवाना हुए।

राष्ट्र उद्धारक डॉ. राजेंद्र प्रसाद

डॉ. राजेंद्र प्रसाद महान महान राष्ट्रवादी नेता थे। उन्होंने सारे जीवन राष्ट्र की ही चिंता की, अपने लिए कभी कुछ नहीं संजोया। डॉ. राजेंद्र प्रसाद कहने को भारत के राष्ट्रपति बने, लेकिन सच यह है कि वे इतने ईमानदार नेता थे कि कभी अपनी सुख-सुविधाओं के लिए पर्याप्त धन भी नहीं जुटा पाए। इस बात का प्रमाण आज तक उपस्थित है। बिहार की राजधानी पटना में सार्वजनिक क्षेत्र के एक बैंक में देश के प्रथम राष्ट्रपति राजेंद्र प्रसाद का खाता अब तक चालू है। एक अधिकारी ने 26 जनवरी 2013 को बताया कि बीते करीब 50 साल से यह खाता चालू है।

अधिकारी ने बताया कि प्रसाद ने पंजाब नेशनल बैंक की एक्जिबिशन रोड शाखा में 24 अक्टूबर, 1962 को एक खाता खोला था। इसके कुछ महीने बाद ही उनका निधन हो गया था।

बैंक के मुख्य प्रबंधक एसएल गुप्ता ने बताया, ''बैंक ने राजेंद्र प्रसाद के बचत खाते को प्रथम ग्राहक का दर्जा दिया है। यह हमारे लिए गर्व की बात है।''

गुप्ता ने बताया कि उनके बैंक खाते में ब्याज सहित कुल जमा राशि 1,813 रुपये है। उन्होंने कहा कि आज तक इस पैसे को निकालने के लिए यहाँ कोई नहीं आया।

उन्होंने कहा, ''हर छह महीने पर इस खाते में ब्याज का पैसा जमा कर दिया जाता है।''

बैंक की इस शाखा में राजेंद्र प्रसाद का खाता संख्या उनके छाया चित्र के साथ (0380000100030687) सार्वजनिक प्रदर्शन के लिए लगाया गया है। खाता संख्या उनकी तस्वीर के नीचे दर्ज है।

डॉ. राजेन्द्र प्रसाद के खाते में आंशिक धनराशि देखकर आश्चर्य होता है कि उन्होंने अपने जीवन में अनेक महान कार्य कैसे किए? जनवरी सन् 1934 में बिहार को एक भंयकर भूकम्प ने झिंझोड़ दिया। जीवन और सम्पत्ति की बहुत हानि हुई। राजेन्द्र प्रसाद अपनी अस्वस्थता के बाद भी राहत कार्य में जुट गये। वह उन लोगों के लिये जिनके घर नष्ट हो गये थे, भोजन, कपड़ा और दवाइयाँ इकट्ठी करते। भूकम्प के पश्चात बिहार में बाढ़ और मलेरिया का प्रकोप हुआ। जिससे जनता की तकलीफें और भी बढ़ गई। इस भूकम्प और बाढ़ प्रभावित क्षेत्र में काम करने में गांधी जी ने राजेन्द्र प्रसाद का साथ दिया।

कुछ समय पश्चात उत्तर-पश्चिम में कोयटा नगर में, मई सन् 1935 में भयंकर भूकम्प आया और उस क्षेत्र में भीषण विनाश लीला हुई। सरकारी प्रतिबन्धों के कारण राजेन्द्र प्रसाद तुरन्त वहाँ पहुँच न सके। उन्होंने पंजाब और सिंध में राहत कमेटियाँ बना दी जो भूकम्प द्वारा बेघर और वहाँ से आये लोगों को राहत देने का काम करने लगी। राजेन्द्र प्रसाद बड़ी हिम्मत से साम्प्रदायिक तनाव को कम करने, स्त्रियों की स्थिति में सुधार और गाँवों में खादी और उद्योगों का विकास एवं राष्ट्र के अन्य निर्माण कार्य में लगे रहे। यह कार्य वह अपने जीवन के अंतिम दिनों तक करते रहे। उनकी मानवता आदमी के भीतर की अच्छाई को छू जाती थी।

राजेन्द्र बाबू ने अपने जीवनकाल में अनेक हस्तियों, प्रियजनों, पारिवारिक व अन्य जनों को जो पत्र लिखे, उसमें भारतीय संस्कृति की झलक मिलती है। ये पत्र आज प्रकाशित होकर काफी चर्चित हो चुके

हैं। इन पत्रों के पठन से निश्चय ही महापुरुषों के आचरण और विचारों दोनों का ही मार्ग दर्शन होता है। इस संग्रह में प्रारंभ में डॉ. राजेन्द्र प्रसाद जी के जीवन पर संक्षेप में प्रकाश डाला गया है फिर उनके द्वारा परिवारजनों को लिखे गये पत्रों को प्रकाशित किया गया है। 01 मार्च 1910 को अपने प्रिय भाई श्री महेन्द्र प्रसाद जी को लिखे पत्र में उन्होंने लिखा है कि मेरे प्रिय भाई याद रखें कि घर पर हमारी थोड़ी जायदाद है। यदि मैं कमाऊँ तो थोड़ा धन उपार्जन कर लूँगा और कदाचित इस तरह तथाकथित समाज में, जहाँ मनुष्य की महानता उसके हृदय की विशालता से नहीं, वरन उसकी मोटी थैली से आँकी जाती है, अपने परिवार का स्तर ऊँचा उठाने में समर्थ हो जाऊँगा किन्तु इस क्षणभंगुर संसार में धन, पद, सम्मान सब विलीन हो जाते हैं। धन के साथ साथ हमारी आवश्यकताएँ भी बढ़ जाती हैं। यद्यपि लोग समझते हैं कि धन से उन्हें संतुष्टि होगी, जिन्हें थोड़ा भी ज्ञान है वे अच्छी तरह जानते हैं कि सुख का स्रोत बाहर कहीं नहीं अपने भीतर ही है। श्रीमती राजवंशी देवी (पत्नी) को लिखे एक पत्र में उन्होंने लिखा है कि मैं धनोपार्जन नहीं करना चाहता हूं मैं तुमसे यह पूछना चाहता हूँ कि तुम्हें यह बात कैसी लगती है। यदि मैं धन नहीं कमाऊँ तो तुम्हें मेरे साथ निर्धन की तरह रहना होगा, गरीबों का पहनावा और गरीब हृदय से जीना होगा।

राजेन्द्र बाबू अपने पत्रों में अपने हृदय की बात भी लिख देते थे, इसलिए उनके पत्र भावुकता की छाप छोड़ जाते थे। राजेन्द्र बाबू के एक पत्र में हमें यह जानकारी मिलती है कि उन्होंने अपनी उच्च शिक्षा केवल धन कमाने के लिए नहीं, बल्कि देश व समाजसेवा के लिए अर्जित की थी। इसीलिए अपने इस कार्य में अपनी धर्मपत्नी को भी सहभागी बनाना चाहते थे। 9 मई, 1928 को लंदन से अपने ज्येष्ठ पुत्र मृत्युंजय प्रसाद (नन्हकू) को लिखते हैं कि काम करने का अर्थ

केवल घर-परिवार के लिए भोजन पकाना ही नहीं है, अपना पेट पालने का काम तो आवश्यक है ही किन्तु इसके अतिरिक्त कुछ देशसेवा भी करनी चाहिए। अपनी पत्नी को लिखे एक पत्र में उन्होंने लिखा कि मेरे आश्रम में जब सभी लोग भोजन कर रहे हैं तो खाने में कोई हर्ज नहीं है। दूसरों को छोटा समझना और इसलिए उनका छुआ नहीं खाना हम अपने लिए गर्व की बात मानते हैं इस अभिमान को तोड़ देना चाहिए। एक अन्य पत्र में ही पत्नी को लिखते हैं कि अपने मन से इस अभिमान को निकाल देना चाहिए कि हम शुध्द हैं और दूसरे लोग अशुध्द हैं। डॉ. राजेन्द्र प्रसाद जी राष्ट्रपति भवन में रहते हुए भी पारिवारिक जीवन से किस तरह जुड़े हुए थे। इसकी झलक उनके विभिन्न पत्रों से हमें मिलती है। पारिवारिक पत्रों के अलावा अन्य पत्रों में महात्मा गांधी और स्वतंत्रता संग्राम से जुड़े हुए कुछ विशिष्ट लोगों के साथ भी उनके पत्रों का प्रकाशन हुआ है। डॉ. राजेन्द्र प्रसाद जो अपने वेतन से न्यूनतम वेतन लेने का निश्चय कर चुके थे इसकी जानकारी हमें 04 अगस्त, 1952 को बिहार के राज्यपाल श्री आर. आर. दिवाकर को लिखे पत्र से मिलती है। राज्यपाल महोदय ने अपने पत्र के माध्यम से डॉ. राजेन्द्र प्रसाद जी के समक्ष अपने वेतन से 15 प्रतिशत स्वैच्छिक कटौती का विचार रखा था।

इस पत्र के उत्तर में राजेन्द्र बाबू ने लिखा कि मैं समझता हूँ कि यह ऐसा कार्य है, जिसकी सराहना होगी। जहां तक मेरी बात है आप जानते कि राष्ट्रपति को 10,000 रुपये वेतन देने का प्रबंध हमारा संविधान करता है। सन् 1950 में यहाँ आने पर मैने स्वेच्छा से इसमें 15 प्रतिशत की कटौती करवाई है। मंत्रियों ने भी ऐसा किया था। दूसरी बार पद ग्रहण करने के पश्चात सोचा था कि मेरा वेतन और घटना चाहिए और तदनुसार इसमें 40 प्रतिशत की कटौती करवा दी।

दो स्वैच्छिक कटौतियों के बाद अब मेरा वेतन 6000/- रुपये हो गया है जो कट-कटाकर 3500/- से भी कम हो जाता है। यह केवल आपकी जानकारी के लिए है।

राष्ट्रपति भवन से 23 सितम्बर, 1953 को प्रधानमंत्री जवाहरलाल नेहरू को उन्होंने लिखा था कि लोगों का जीवन स्तर सुधारने का प्रयास करने और गरीबी तथा अभाव से लड़ने के अतिरिक्त सरकार का ध्यान कुछ अन्य वर्ग के लोगों पर भी जाना चाहिए। इनमें पहले वर्ग में कलाकार, लेखक, कवि, विद्यार्थी आदि आते हैं, जिनका भरण-पोषण राजा, जमींदार और उस श्रेणी के अन्य लोग करते थे। मुझे इस बात की खुशी है कि उनकी ओर ध्यान गया है और कुछ राज्य सरकारों तथा केन्द्र सरकार ने भी कुछ योग्य लोगों को सहायता देने की जिम्मेदारी ली है। इससे हमें जानकारी मिलती है कि हमारे तत्कालीन राष्ट्रपति किस प्रकार आमजन के साथ विशेष विधा से जुड़े लोगों का भी ख्याल रखते थे।

देशरत्न डॉ. राजेन्द्र प्रसाद द्वारा लिखे गये संग्रहित पत्रों का महत्व विशेष तौर से इसलिए भी है कि सर्वोच्च पद पर रहते हुए उन्हें देश-समाज की कितनी चिंता रहती थी। इसके साथ ही परिवार के छोटे से छोटे दुःख-सुख में भी अपनी सहभागिता यथासंभव सर्वोच्च पद पर रहने के बावजूद निभाते थे। उनके पत्रों का अध्ययन करने से हमें देश की तत्कालीन परिस्थितियों के साथ-साथ महापुरुषों के उच्च विचारों से बहुत कुछ सीखने की प्रेरणा देता है।

आज के समय में राजनीतिज्ञों के साथ-साथ सर्वोच्च पदों पर विद्यमान प्रत्येक व्यक्ति को इनसे प्रेरणा लिए जाने की आवश्यकता है। डॉ. राजेन्द्र प्रसाद जी के पत्रों का ऐतिहासिक महत्व है। प्रकाशन का यह प्रयास हिन्दी भाषा के तमाम पाठकों के साथ-साथ महापुरुषों के

बारे में जानने के उत्सुक तमाम राजनेताओं के लिए भी महत्वपूर्ण है, यह कहना उपयुक्त होगा।

राजेन्द्र प्रसाद ने रात खत्म होते-होते मन ही मन कुछ तय कर लिया था। राजेन्द्र प्रसाद स्वार्थी बनकर अपने परिवार को सम्भालने का पूरा भार अपने बड़े भाई पर नहीं डाल सकते थे। राजेन्द्र प्रसाद के पिता का देहान्त हो चुका था। राजेन्द्र प्रसाद के बड़े भाई ने पिता का स्थान लेकर उनका मार्गदर्शन किया था और उच्च आदर्शों की प्रेरणा दी थी। राजेन्द्र प्रसाद उन्हें अकेला कैसे छोड़ सकते थे? अगले दिन ही उन्होंने अपने भाई को पत्र लिखा, "मैंने सदा आपका कहना माना है और यदि ईश्वर ने चाहा तो सदा ऐसा ही होगा।" दिल में यह शपथ लेते हुए कि अपने परिवार को और दुःख नहीं देंगे उन्होंने लिखा, "मैं जितना कर सकता हूँ करूँगा और सब को प्रसन्न देख कर प्रसन्नता का अनुभव करूँगा।"

लेकिन उनके दिल में उथल-पुथल मची रही। एक दिन वह अपनी आत्मा की पुकार सुनेंगे और स्वयं को पूर्णतया अपनी मातृभूमि के लिए समर्पित कर देंगे। यह युवक राजेन्द्र थे जो चार दशक पश्चात स्वतंत्र भारत के प्रथम राष्ट्रपति बने। और उनके पत्रों के माध्यम से उनके महान राष्ट्र उद्धारक होने की बात पता चलती है।

पहले राष्ट्रपति राजेन्द्र बाबू

15 अगस्त 1947 को देश स्वतंत्र हुआ लेकिन अगले राष्ट्रध्यक्ष के चुनाव तक लार्ड माउंटबेटन ही भारत के गवर्नर जनरल के पद कार्य करते रहे। 21 जून 1948 को वे पदमुक्त हुए। लार्ड माउंटबेटन के भारत से चले जाने के बाद जब तक भारत का संविधान स्वीकार न किया गया यानी 26 जनवरी 1950 तक ही श्री राजगोपालाचारी भारत के गवर्नर जनरल रहे, मगर संविधान स्वीकार हो जाने के बाद भारत का राष्ट्राध्यक्ष चुना जाना था। अतः सर्वसम्मति से बाबू राजेन्द्र प्रसाद को भारत का प्रथम राष्ट्रपति बनाया गया। भारत के संप्रभुता संपन्न राष्ट्र घोषित हो जाने और राजेन्द्र बाबू के राष्ट्रपति बनाए जाने पर देश भर के समाचार पत्रों ने उनके प्रति अपना सम्मान व्यक्त किया। सन् 1952 में स्वाधीन भारत के पहले आम चुनाव हुए। उसके बाद राजेन्द्र प्रसाद विधिवत भारत के राष्ट्रपति चुने गए। 15 मई को उन्होंने इस पद का कार्यभार ग्रहण किया। इस अवसर पर उन्होंने जनता को वचन देते हुए कहा कि स्वाधीनता की स्वतंत्रता देशवासियों का सर्वाधिक प्रथम कर्तव्य है। इसके साथ उन्होंने देशवासियों से जाति, धर्म और वर्ग का भेद-भाव भुलाकर देश की उन्नति के लिए कार्य करने का आग्रह किया और साथ ही यह भी आश्वासन दिया कि वे स्वयं भी सभी के साथ समानता का व्यवहार करेंगे। देश के सर्वोच्च पद पर आसीन होने के बाद भी उन्होंने किसी पर भी दबाव नहीं डाला। वे तर्कपूर्ण शैली के

पक्षधर थे। रहन-सहन और खान-पान भी सादगीपूर्ण था। खान-पान के अनुरूप भी जिंदगी को बड़े सादगी से जीने का प्रयास करते थे। 9 नवंबर 1957 को बंबई में प्रथम अंतर्राष्ट्रीय निरामिष सम्मेलन का उद्‍घाटन भी उन्हीं के हाथों हुआ। राष्ट्रपति जैसे सर्वोच्च पद पर आसीन होकर भी वे समाज से जुड़े रहे और सामाजिक कार्यों के प्रति उन्होंने अपनी अभिरुचि को बनाए रखा। एक कार्यकाल पूरा करने के बाद भी वे पुनः दुबारा 1957 में राष्ट्रपति चुने गए। अपने इस दूसरे कार्यकाल में जुलाई 1960 से उन्होंने अपने वेतन में कटौती कर दी। उस समय राष्ट्रपति का वेतन दस हजार रुपये होता था। उसमें से वे केवल साढ़े सात हजार रुपये ही प्राप्त करते थे। राष्ट्रपति के रूप में विदेशों में भी विश्वबंधुत्व आदि उदात्त गुणों का प्रसार किया। राजेन्द्र बाबू अक्टूबर 1956 में नेपाल की यात्रा पर गए। उन्होंने भारत और नेपाल के संबंधों पर प्रकाश डालते हुए कहा कि नेपाल की शांति और सुरक्षा को धमकी देना, भारत के साथ ऐसा करने के समान है। राजेन्द्र

बाबू जानते थे कि पड़ोसियों के साथ विदेश नीति को बेहतर बनाना होगा, ताकि भविष्य में भारत की शांति के साथ-साथ इन देशों में भी शांति बनी रहे। 25 सितंबर से 5 अक्टूबर 1958 तक वे जापान की यात्रा पर गए। वहाँ से ओसाका, ओदवार, क्योटो और नारा आदि स्थानों पर घूमने गए, जहाँ उन्होंने प्राचीन मंदिरों और विश्वविद्यालयों के साथ ही आधुनिक उद्योगों को भी देखा। जापान में उन्होंने कई स्थानों पर भाषण दिए, जिनमें गांधीवादी के साथ ही बौद्धधर्म के आदर्शों का भी उल्लेख था। उनके विषद् ज्ञान और विनम्रता से जापानवासी अभिभूत हो उठे। टोक्यो की एक विशाल जनसभा में उन्होंने गांधीवादी दर्शन के सत्य और अहिंसा के सिद्धांतों पर प्रकाश डाला और अणु अस्त्रों की भी चर्चा की। दूसरे विश्वयुद्ध में परमाणु हमले के महाविनाश के बाद जापानियों ने अपने राष्ट्र का निर्माण करने के लिए जो परिश्रम और उद्यमिता का परिचय दिया वह सराहनीय है। जापान की पुरानी राजधानी क्योतो में एक प्रसिद्ध बौद्ध विश्वविद्यालय है। वहाँ बाबू राजेन्द्र प्रसाद के सम्मान में एक समारोह था।

विश्वविद्यालय के अध्यक्ष अस्सी साल के बुजुर्ग थे। वे कई बार भारत के तीर्थ स्थानों की यात्रा कर चुके थे और राजेन्द्र बाबू से पहले से भी परिचित थे। सम्मेलन में भाग लेने वाले सज्जनों को वे बुजुर्ग अध्यक्ष जापानी भाषा में डॉक्टर राजेन्द्र प्रसाद का परिचय देने लगे। बोलते-बोलते अचानक उनका गला रुँध गया और वे सिसकियाँ लेने लगे। राजेन्द्र बाबू और उनके साथियों को समझ में नहीं आ रहा था कि आखिर मामला क्या है? मंडप में बैठे सभी जापानी हाथों में रुमाल लिए अपनी-अपनी आँखें पोंछ रहे थे। लगभग पाँच मिनट तक कोई भी कुछ नहीं बोला। फिर दुभाषिए ने बताया कि अध्यक्ष महोदय ने राजेन्द्र बाबू के गुणों की चर्चा करते हुए कहा था कि आपने भगवान

बुद्ध के बारे में पढ़ा होगा और सुना होगा, आज उन्हीं के देश से एक ऐसा महापुरुष आया है, जिसकी सादगी, शालीनता और साधुता को देखकर मुझे अनायास भगवान बुद्ध का ध्यान आ रहा है। भारत के राष्ट्रपति के वेश में यह एक संत है। भगवान बुद्ध ने जो अच्छी-से-अच्छी परंपरा डाली थी उनके यह प्रतिनिधि हैं। राजेन्द्र बाबू के आचरण का ऐसा गहरा प्रभाव केवल भारतीयों पर ही नहीं, बल्कि हर उस व्यक्ति पर पड़ा, जो उनके संपर्क में आया। दिसंबर 1958 में मलाया की यात्रा पर गए, वहाँ उनका राजकीय स्वागत किया गया। इस अवसर पर उन्होंने भारत और मलाया के संबंधों पर चर्चा की तथा भविष्य के लिए सुखद संबंधों पर बल दिया। इसके बाद वे इंडोनेशिया, जकार्ता, वियतनाम और कंबोडिया आदि देशों की यात्रा पर गए और सब जगह उन्होंने गांधीवादी सिद्धांतों का प्रचार किया।

राजेन्द्र प्रसाद महान राष्ट्रवादी भी थे। यही कारण है कि उन्होंने पं. नेहरू के विरोध के बावजूद सोमनाथ मंदिर का निर्माण करवाया और राष्ट्रपति रहते उसका उद्घाटन भी किया।

कुछ रोचक अविस्मरणीय संस्मरण

1. अद्भुत क्षमा

बाबूजी के जीवन में बहुत सी रोचक घटनाएँ घटी, जिनमें उनकी विशाल हृदयता, सौम्यता, दयालुता एवं सादगी की झलक मिलती है। राजेन्द्र बाबू की विदेश यात्रा के दौरान उन्हें किसी देश से उपहार में हाथी दाँत का एक कलम दवात मिला था, जो कि उन्हें बहुत प्रिय था। अपनी लिखा-पढ़ी का अधिकांश कार्य वे उसी से करते थे। भवन में उनका एक सेवक था जिसका नाम तुलसी था, वह बाबूजी को प्रिय था। राजेन्द्र बाबू के अधिकांश कार्य वही करता था और वह भी बड़ी तत्परता और खुशी से। इसके अलावा वह कुछ लापरवाह और जल्दबाज भी था। एक दिन जब वह बाबूजी के कक्ष की सफाई कर रहा था, तो कलम फटकार लगने से गिरकर टूट गई। स्याही से कालीन भी खराब हो गया। राजेन्द्र बाबू जब कार्यालय आए तो कलम टूटा हुआ पाया। उन्होंने अपने सचिव से कहा कि ऐसे लापरवाह आदमी को फौरन बदल दो। सचिव ने तुरंत ही तुलसी को उनके कामों से हटाकर भवन के दूसरे कार्यों में लगा दिया। उस दिन राजेन्द्र बाबू काम करते रहे और देश-विदेश के मेहमानों से मिलते रहे, मगर भीतर-ही-भीतर कुछ बेचैनी

महसूस करते रहे थे। वह इस बात से फिक्रमंद हो गए थे कि इतनी-सी छोटी गलती के कारण उन्होंने तुलसी को कष्ट दे दिया। तभी उन्होंने अपने निजी सचिव से कहा कि तुलसी को बुलाओ। तुलसी समझ रहा था कि कहीं और बड़ी सजा न दी जाए। इसलिए वह भागता दौड़ता हुआ आया। उसे देखकर राजेन्द्र बाबू ने हाथ जोड़कर कहा, "तुलसी मुझे माफ कर दो।" तुलसी राजेन्द्र बाबू के इस स्वभाव को देखकर हक्का-बक्का रह गया। तुलसी राजेन्द्र बाबू के चरणों में गिर गया और कहा, "यह आप क्या कर रहे हैं बाबूजी। आप तो दयालु और हमारे अन्नदाता हैं, आपके सहारे तो मैं यहाँ हूँ।" राजेन्द्र बाबू ने कहा, "तुम पहले वाले ड्यूटी पर आ जाओ तो मुझे संतोष होगा।"

2. गुरु की परीक्षा

यह घटना सदाकत आश्रम की है। इस आश्रम में बच्चों को पढ़ाया-लिखाया भी जाता था और यह काम आमतौर पर राजेन्द्र बाबू ही किया करते थे। बच्चों को शिक्षित करना भी वह देश की सेवा का कार्य ही समझते थे। किताबी पढ़ाई के साथ-साथ वे बच्चों को मौखिक उपदेश भी देते थे।

एक बार वे उपदेश दे रहे थे कि जो व्यक्ति परिश्रम करता है उसका कमाई पर पहला अधिकार होना चाहिए। वृक्ष लगाने वाले को अपनी पसंद के अनुसार फल चुनकर खाने का सर्वप्रथम अधिकार है, उसमें जो व्यक्ति विपरीत आचरण करता है तथा श्रम करने वाले व्यक्ति को उसका अधिकार नहीं देता वह ढोंगी, अन्यायी व शोषण करने वाला है।

सभी विद्यार्थी खामोश बैठे बाबूजी के इस प्रवचन को बड़ी श्रद्धा और विश्वास के साथ सुन रहे थे। एक-एक लफ़्ज जैसे उनके मस्तिष्क

में बैठता जा रहा था। उन्हीं विद्यार्थियों में से एक ऐसा विद्यार्थी भी बैठा था, जो नया-नया ही आश्रम में आया था। उसे लगा कि यह सब दिखावे की बातें हैं। व्यवहार में लोग ऐसा नहीं करते और स्वयं राजेन्द्र बाबू भी ऐसा नहीं करते होंगे। उसने बाबूजी को उन्हीं लोगों में समझा जो कहते हैं कुछ, करते हैं कुछ। अतः उसने मन में सोचा कि वह अपने गुरुजी की परीक्षा लेगा और देखेगा कि वास्तव में परिश्रम करने वाले लोगों का पहले फल पर अधिकार होता है। यह नित्य का नियम था कि राजेन्द्र बाबू जब सुबह स्नान करते थे तो कोई छात्र उनके लिए नीम का दातुन तोड़कर लाता था। यह एक सामान्य सी परंपरा थी। प्रवचन के दूसरे दिन भी इस कार्य को करने की जिम्मेदारी उस बालक ने अपने ऊपर ले ली थी। वह दो दातुन लेकर राजेन्द्र बाबू के पास पहुँचा। एक दातुन टेढ़ा-मेढ़ा था और दूसरा साफ-सुथरा जैसा कि होना चाहिए था। दो दातून देखकर राजेन्द्र बाबू ने बालक की ओर देखा। वह साफ-सुथरा दातुन उनकी ओर बढ़ाकर बोला, "यह आप ले लीजिए दूसरे से मैं अपना काम चला लूँगा।" मगर राजेन्द्र बाबू ने मुस्कुराकर उस लड़के से टेढ़ा दातुन ले लिया और बोले, "परिश्रम तुमने किया है इसलिए अच्छी दातुन पर तुम्हारा ही अधिकार है, मेरा नहीं।" बालक ने दातुन बाबूजी को देने की बहुत कोशिश की मगर राजेन्द्र बाबू ने वह नहीं ली।

बालक कुछ देर खड़ा रहा और उसके बाद फफक-फफक कर रोने लगा। परिस्थितियों से अनभिज्ञ राजेन्द्र बाबू ने आश्चर्य व्यक्त करते हुए बालक से रोने का कारण पूछा। काफ़ी देर रोने के बाद वह राजेन्द्र बाबू के पैरों में लौटकर कहने लगा, "इस दातुन के माध्यम से मैंने आपकी परीक्षा लेने का प्रयास किया।" इस सिसकते हुए बालक की ओर राजेन्द्र बाबू ने देखा और कहा, "इसमें रोने की जरूरत

क्या है? परीक्षा ली तो क्या हुआ? कम-से-कम तुमको मेरी बात पर विश्वास तो हुआ। इससे सिद्ध होता है कि तुम बहुत प्रतिभाशाली और बुद्धिमान हो।''

3. बात की मार

देश के प्रथम राष्ट्रपति डॉक्टर राजेन्द्र प्रसाद ट्रेन में सफर कर रहे थे। उसी ट्रेन में सामने वाली सीट पर एक युवक बीड़ी पीकर धुँआ उड़ा रहा था। उसकी इस हरकत से राजेन्द्र बाबू को खाँसी आने लगी। वह बहुत परेशान हो गए। जब सहन नहीं हुआ तो उन्होंने युवक से पूछा, ''क्यों भाई, बीड़ी तुम्हारी ही है न?'' युवक रौब से बोला, ''तो क्या तुम्हारी है?'' इस पर राजेन्द्र बाबू ने शांत लहजे में कहा, ''अरे भाई! जब बीड़ी तुम्हारी है तो धुँआ भी तो तुम्हारा ही हुआ न? तुम धुँआ भी अपने पास रखो, दूसरों पर क्यों फेंक रहे हो?'' राजेन्द्र बाबू की बात सुनकर युवक लज्जित हो गया और उसने तुरंत बीड़ी बुझा दी।

4. धन का सदुपयोग

डॉ. राजेन्द्र प्रसाद जब राष्ट्रपति थे तो एक बार सरकारी दौरे पर बिहार गए। जब रांची पहुँचे तो उन्होंने देखा कि उनके जूते काफी घिस चुके थे और उन्हें अधिक प्रयोग में लाना सम्भव नहीं है। मन में विचार आया कि उन घिसे जूतों का प्रयोग जारी रखा तो उनके पाँव में चोट लग सकती है। डॉ. प्रसाद ने अपने सचिव को यह बात बताई। सचिव बाजार जाकर एक बहुत कीमती और मुलायम जूता खरीद लाया। डॉ. राजेन्द्र प्रसाद को यह अच्छा नहीं लगा और नाराज होकर बोले, ''मैं सस्ते और कड़े जूते पहनने का अभ्यस्त हूँ। आपको इतने महंगे और मुलायम जूते नहीं लाने चाहिए थे। आप कृपया इन्हें लौटा दीजिए।'' उनके सचिव जब उसी समय जाने लगे तो राष्ट्रपति बोले, ''अभी

तत्काल जाने की जरूरत नहीं है। अगर आप अभी जाएँगे तो इसी काम के लिए आने-जाने में बहुत पेट्रोल खर्च होगा। इस तरह सरकारी पैसे को बर्बाद करना उचित नहीं है। जब कभी किसी और काम से बाजार जाना हुआ तो जूते भी बदल लेना।'' एक समय में ऐसी हुआ करती थी हमारे नेताओं की मितव्ययिता।

विदाई

12 मई, सन् 1962 को राजेन्द्र बाबू राष्ट्रपति के कार्यकाल से पदमुक्त हुए। इससे दो दिन पूर्व दिल्ली के रामलीला मैदान में उनका एक विदाई समारोह हुआ। अपने भाषण में उन्होंने लोगों के प्रति कृतज्ञता प्रकट की। उन्होंने यह भी कहा कि देशवासियों द्वारा सौंपे गए दायित्वों को उन्होंने पूर्ण सत्यनिष्ठा से पालन किया। गांधीजी ने उन्हें सत्य मार्ग पर चलना सिखाया था और उसी पर वे चले। उन्होंने इस बात पर भी बल दिया कि इसी मार्ग पर चलने में संपूर्ण मानवता का हित है। पदमुक्त होने के बाद बाबूजी पटना चले गए और सदाकत आश्रम में रहने लगे। हमें यह बात कहने में कोई संकोच नहीं होना चाहिए कि राजेन्द्र बाबू प्राचीन भारतीय जीवन मुक्त मनीषियों की वर्तमान परंपरा के प्रतिनिधि थे। उन्हें किसी से भी राग द्वेष नहीं था। वे देश के सर्वोच्च पद पर रहकर हालाँकि पदमुक्त हो चुके थे। राजेन्द्र बाबू दमा से पीड़ित थे और धीरे-धीरे उनका स्वास्थ्य गिर रहा था। एक फरवरी को लेखक सम्मेलन में उन्होंने सभी साहित्यकारों को शुभकामनाएँ दी। इस अवसर पर उन्होंने कहा कि लेखक केवल दृष्टा ही नही सृष्टा भी होता है। इतिहास के आरोह-अवरोह के बावजूद देशी सांस्कृतिक एकता और अखंडता बनाए रखने में उसका सर्वाधिक योगदान रहता है। राजेन्द्र बाबू वसुधैव कुटुम्बकम् के समर्थक थे, फिर वे साम्राज्यवाद और भयभीत करने वाली नीति को अनुचित मानते थे। उनका कहना

था कि चीन के आक्रमण के विरुद्ध देश का आक्रोश भारत को राष्ट्रीय एकता और अंखडता का सूचक है। राष्ट्रीय एकता, सुरक्षा आदि के लिए उन्होंने लेखकों और बुद्धिजीवियों से मार्गदर्शन का आह्वान किया और कहा कि भारतीयों को देश ही नहीं विभिन्न भाषाओं, नाना धर्मों तथा स्वतंत्र विकास में सहयोग देना चाहिए। उन्होंने कहा कि हमें किसी भी राष्ट्र के विरूद्ध युद्ध नहीं करना चाहिए। शांतिपूर्वक सह-अस्तित्व केवल हमारा आदर्श ही नहीं, अपितु व्यवहार भी रहा है। हमारे साथ पंचशील के संधिपत्र पर हस्ताक्षर करके भी एक विश्वासघाती पड़ोसी देश ने हमें अपने आक्रमकता का शिकार बना लिया।

सदाकत आश्रम में रहते हुए बाबूजी ने रामायण का हिंदी अनुवाद किया। इसके अतिरिक्त बहुत-सी गतिविधियों का संचानल राजेन्द्र बाबू ने सदाकत आश्रम से किया। शक्ति, सामर्थ्य और अवसर होते हुए भी राजनीतिक क्षेत्र से संन्यास भारतीय राजनीति के लिए अनोखी घटना थी। ऐसा सिर्फ महात्मा गांधी ही कर सकते थे या फिर बाबूजी ने किया। दलगत राजनीति से ऊपर उठकर एक संन्यासी का जीवन बिताना तय कर लिया। 28 फरवरी 1963 को सवा दस बजे इस महात्मा का देहांत हो गया।

प्रश्नावली

1. बाबू राजेन्द्र प्रसाद का जन्म कब हुआ था?
   (अ) 5 अगस्त 1902 (ब) 15 अगस्त 1947
   (स) 12 फरवरी 1887 (द) 3 दिसंबर 1884
2. राजेन्द्र प्रसाद के पिता जी का क्या नाम था?
   (अ) महादेव प्रसाद (ब) गोविन्द
   (स) हरेन्द्र (द) सतेन्द्र प्रसाद
3. राजेन्द्र बाबू ने किसानों की लड़ाई कैसे लड़ी?
   (अ) झगड़ के (ब) मुकदमों द्वारा
   (स) आंदोलन चलाकर (द) पैसे देकर
4. राजेन्द्र प्रसाद ने किन अकाल पीड़ितों की मदद की?
   (अ) उड़ीसा के (ब) बंगाल
   (स) संयुक्त प्रांत (द) बिहार
5. राजेन्द्र बाबू किस दल में शामिल हुए थे?
   (अ) स्वराज्य दल में (ब) हिन्दू महासभा
   (स) लोकदल (द) मुस्लिम लीग
6. लिनलिथगो का कार्यकाल कब समाप्त हुआ?
   (अ) 1942 (ब) 1947
   (स) 1941 (द) 1943

7. 24 जून 1945 को क्या योजना रखी गई?

(अ) बेवल योजना (ब) भारत छोड़ो

(स) करो या मरो (द) कामगार

8. भारत का संविधान कब लागू हुआ?

(अ) 26 जनवरी 1949 (ब) 15 अगस्त 1947

(स) 26 जनवरी 1950 (द) 2 अक्टूबर 1948

9. राजेन्द्र प्रसाद ने किस मंदिर का उद्घाटन किया?

(अ) सोमनाथ (ब) रामजन्म भूमि

(स) काशी विश्वनाथ (द) कालका जी

10. राजेन्द्र बाबू का निधन कब हुआ?

(अ) 2 मार्च 1991 (ब) 28 फरवरी 1963

(स) 20 मार्च 1948 (द) 15 मार्च 1958

उत्तर

1. द 2. अ 3. ब 4. अ 5. अ 6. द 7. अ 8. स 9. अ 10. ब

• • •